ILAN BRENMAN

A AMIZADE ETERNA

E OUTRAS VOZES DA ÁFRICA

Ilustrações

CATARINA BESSELL

1ª edição

COORDENAÇÃO EDITORIAL Maristela Petrili de Almeida Leite
EDIÇÃO DE TEXTO Marília Mendes
COORDENAÇÃO DE EDIÇÃO DE ARTE Camila Fiorenza
ILUSTRAÇÕES DE CAPA E MIOLO Catarina Bessell
DIAGRAMAÇÃO Catarina Bessell, Isabela Jordani
COORDENAÇÃO DE REVISÃO Elaine Cristina del Nero
REVISÃO Nair Hitomi Kayo
COORDENAÇÃO DE *BUREAU* Américo Jesus
PRÉ-IMPRESSÃO Alexandre Petreca
COORDENAÇÃO DE PRODUÇÃO INDUSTRIAL Andrea Quintas dos Santos
IMPRESSÃO E ACABAMENTO A.S. Pereira Gráfica e Editora EIRELI - Lote: 788129 - Código: 12103637

Dados Internacionais de Catalogação na Publicação (CIP)
(Câmara Brasileira do Livro, SP, Brasil)

Brenman, Ilan
A amizade eterna e outras vozes da África /
Ilan Brenman. – São Paulo : Moderna, 2016. –
(Série veredas)

ISBN 978-85-16-10363-7

1. Literatura infantojuvenil I. Título.
II. Série.

16-01089 CDD-028.5

Índices para catálogo sistemático:

1. Literatura infantil 028.5
2. Literatura infantojuvenil 028.5

EDITORA MODERNA LTDA.
Rua Padre Adelino, 758 – Belenzinho
São Paulo – SP – Brasil – CEP 03303-904
Vendas e Atendimento: Tel. (11) 2790-1300
www.modernaliteratura.com.br
2024

SE VOCÊ QUISER IR RÁPIDO, ANDE SOZINHO.
SE VOCÊ QUISER IR LONGE, ANDE EM GRUPO.

PROVÉRBIO AFRICANO

SUMÁRIO

ARGÉLIA
SERRA LEOA
GANA
TOGO
OCEANO
ATLÂNTICO

Mapa sem rigor cartográfico.

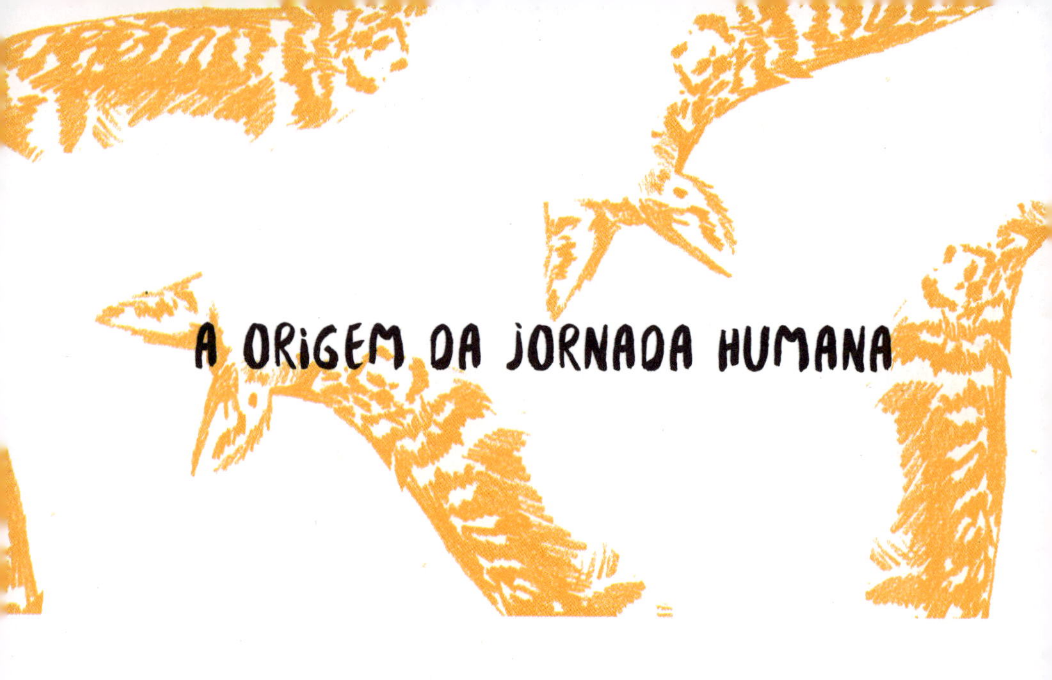

A ORIGEM DA JORNADA HUMANA

Olhar para o continente africano é vislumbrar nossa pró-pria origem, o início da jornada humana na Terra. Existem muitas descobertas e investigações científicas que afirmam que o *homo sapiens* surgiu na África e de lá espalhou-se por todos os continentes.

Ao mergulhar nas profundezas das narrativas africanas senti sua força vibrante, era como escutar o eco de um passado familiar, a árvore primordial de onde toda a humanidade brotou. Encontrei muitas histórias que me surpreenderam, como "Dinga, o rei de Gana", cujo enredo é muito similar à famosa história bíblica de "Esaú e Jacó", ou como a história vinda do Congo "A cesta proibida", que me remeteu a algumas histórias indígenas brasileiras. Mas, sem dúvida nenhuma, a mais surpreendente de todas é "A Cinderela africana", originária do Egito, muitos séculos antes de a China e depois a Europa contarem suas próprias versões do conto.

Fiz uma grande viagem pelo grande continente africano, encontrei e recontei histórias de Togo, Lesoto, Uganda, Gana, Tanzânia, Egito, Botsuana, Serra Leoa, Congo, Argélia entre outros. Cada narrativa deste livro tem no seu DNA a sabedoria, o humor, a perspicácia e a celebração da vida, deixando um legado de inestimável valor para os homens do futuro: nós e nossos filhos, netos, bisnetos...

Boa leitura.

Ilan Brenman[1]

---

[1] **Ilan Brenman** é Psicólogo de formação, Mestre e Doutor pela Faculdade de Educação da USP e trabalhou durante muitos anos em projetos de incentivo à leitura por todo o Brasil. Publicou mais de 60 livros infantis e juvenis, muitos deles premiados e outros tantos traduzidos para o exterior: Polônia, Suécia, Dinamarca, México, China, Itália, França, Coreia do Sul e Espanha. Atualmente, além de escrever, tem dois boletins semanais sobre literatura e educação na rádio CBN. Para conhecer mais: www.ilan.com.br

1. O
HOMEM
DE
FERRO
(UGANDA)

Nas profundezas das terras ugandenses existia um rei muito autoritário e temido por todos. Tal soberano queria que toda África soubesse do seu poder e para isso criou uma estratégia muito curiosa, que compartilhou com seu talentoso ferreiro Waluk:

— Waluk, preciso que você faça o mais breve possível um homem de carne e osso a partir do ferro.

O ferreiro esperou alguma risada do rei, ou algum comentário que significasse que aquilo não passava de uma brincadeira, mas a única resposta que teve foi o olhar impaciente do soberano.

— Majestade, o Senhor quer que eu forje um homem de carne e osso a partir do ferro? É isso mesmo que ouvi?

— Você está com uma audição perfeita, meu querido Waluk.

Waluk sabia que o rei odiava ser contrariado. Muitos que o fizeram foram punidos e até mortos. Ele então pediu para o rei um tempo para pensar como realizaria seu projeto.

— Você tem três dias para me dizer como fará isso — disse o rei, num tom de voz ameaçador.

A vida de Waluk estava com os dias contados, literalmente contados, três dias! Ele começou a conversar com todos na tribo, talvez alguém tivesse alguma ideia.

Dois dias inteiros e um pela metade já tinham passado e nada de alguma solução. Waluk já estava arrumando suas coisas para deixá-las para sua família, começou até a se despedir dos amigos mais próximos e familiares. O clima estava bem triste em torno do ferreiro.

Uma hora antes de terminar o prazo dado pelo rei, um ancião se aproximou de Waluk e disse:

— Eu tenho uma solução para seu problema.

Os olhos do ferreiro, que estavam cabisbaixos, se iluminaram como duas velas.

— Diga! O que posso fazer para salvar minha vida!?

O ancião sentou numa pedra, encostou sua mão no ombro de Waluk, que também se sentou à espera da salvação.

— O pedido do nosso rei é tão estapafúrdio que só lhe resta solicitar ao soberano algumas condições também estapafúrdias para cumprir a sua missão.

— Sim, a ideia é boa, meu bom velho, mas o que posso pedir?

O ancião coçou a cabeça, cutucou o canto do olho e respondeu:

— Diga ao rei que para fazer um homem de carne e osso a partir do ferro você precisará que todos na tribo raspem o cabelo e encham mais de 200 potes com suas lágrimas.

Waluk ficou espantado com aquelas palavras e, de repente, seu rosto se iluminou.

— Claro, meu bom velho! Direi que preciso de todo esse cabelo para manter o fogo da minha forja aceso e das lágrimas para apagar tamanho fogaréu.

— Muito bem, Waluk, você é inteligente como uma coruja — disse o ancião, levantando-se com dificuldade e indo embora.

— Obrigado, meu bom velho, você salvou a minha vida. Jamais me esquecerei disso — gritou Waluk, ao ver o ancião se distanciando.

— Espero que você salve o juízo do nosso rei — respondeu com uma voz quase inaudível o ancião.

O rei estava impaciente, Waluk estava atrasado cinco minutos para o encontro, mas finalmente se apresentou e disse exatamente o que o ancião havia lhe sugerido.

— Claro, Waluk, seus pedidos serão atendidos imediatamente — disse o soberano, já ordenando seus empregados para espalharem as ordens reais.

A tribo ficou furiosa com o rei, mas estava morrendo de medo de ser punida caso não obedecesse. As lâminas começaram a fazer seu trabalho. Quanto mais os cabelos caíam, mais choros se ouviam por todos os cantos e, aproveitando os choros, vasilhas foram passando de mão em mão.

Depois de um bom tempo, Waluk estava na frente de sua forja com uma montanha de cabelo e duas vasilhas com lágrimas. O rei, que estava ao seu lado, começou a gritar:

— Somente duas vasilhas! Ele precisa de 200!

O soberano foi informado que levaria meses, talvez anos, para encher 200 vasilhas com lágrimas.

— Pelo menos você tem os cabelos, Waluk — disse o rei, já com uma cara meio estranha.

— Sem 200 vasilhas de lágrimas, sem homem de ferro — disse corajosamente Waluk.

De repente, um silêncio invadiu o recinto de trabalho do ferreiro. Todos que lá estavam, praticamente a tribo careca inteira, esperavam uma reação colérica do rei.

— Waluk! É impossível o que você está pedindo!

— Majestade, é impossível o que o senhor também me pediu.

Era agora que a cabeça do ferreiro rolaria. Porém, em vez disso, o rei se aproximou do rosto do ferreiro e abriu um grande sorriso, que logo se converteu em uma enorme gargalhada.

— Você é muito sábio, Waluk. O impossível se paga com o impossível.

— A sabedoria foi do grande ancião, a coragem foi minha — disse Waluk.

O ar tenso se dissolveu, a tribo relaxou e o rei pediu desculpa a todos e prometeu tentar ser um melhor soberano a partir daquele dia. E assim aconteceu.

2. POR QUE O AVESTRUZ NÃO VOA?

(BOSQUÍMANOS)

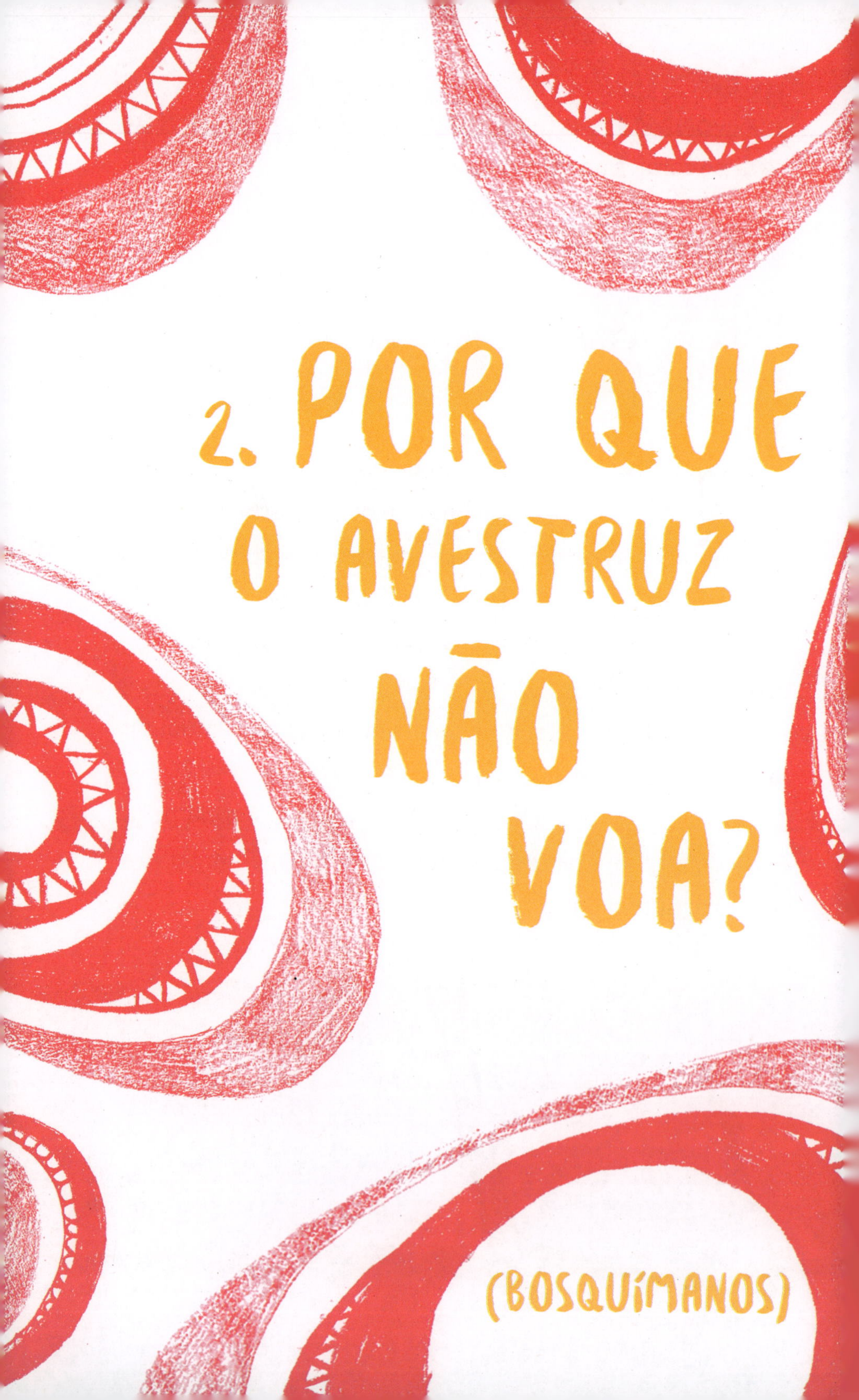

Os bosquímanos são um dos povos mais antigos da África, portanto, suas histórias remontam a épocas tão antigas quanto o surgimento do homem na Terra. Esse povo milenar conta a seguinte história sobre o louva-a-deus e o avestruz.

Certa manhã, o louva-a-deus estava perambulando pelo campo à procura de comida quando, de repente, um cheiro delicioso alcançou seu olfato. Aquele cheiro era como um ímã para o enorme e gracioso inseto. Ele foi voando atrás do cheiro até avistar uma cena que o surpreendeu: o avestruz estava na frente de uma pequena fogueira assando sua comida.

O louva-a-deus ficou observando aquela cena e compreendeu que o fogo era o responsável por aquele cheiro. Ele precisaria daquilo de qualquer jeito. Antes de se aproximar do avestruz, o inseto viu a ave olhando para os lados, pegando o fogo e escondendo-o embaixo de uma de suas grandiosas asas.

— Entendi, o avestruz não quer dividir com ninguém seu tesouro, mas vou dar um jeito nisso — pensou o louva-a-deus.

No dia seguinte, o louva-a-deus apareceu repentinamente na frente do avestruz:

— Caro amigo, você não soube?

O avestruz olhou para o inseto com cara de surpresa e disse:

— Soube o quê?

— Uma árvore repleta de ameixas-amarelas foi descoberta pela girafa.

Ao ouvir "ameixas-amarelas", as asas do avestruz começaram a se agitar.

— Por favor, me leva até lá! — suplicou o avestruz.

— Claro, me acompanhe — respondeu o louva-a-deus.

Os dois chegaram até uma alta ameixeira. Os frutos mais maduros e suculentos estavam pendurados nos galhos mais altos.

— Avestruz, amigão, é só esticar o corpo e se fartar — disse o louva-a-deus.

A ave começou a se esticar o mais que podia e, ao levantar suas asas para equilibrar-se, o louva-a-deus aproveitou, deu um rasante por debaixo delas e roubou o fogo!

O avestruz se desequilibrou e caiu no chão. Ele até tentou voar atrás do inseto ladrão, mas acabou desistindo. As ameixas-amarelas eram mais importantes.

Naquela noite, o louva-a-deus assou uma bela refeição e o avestruz produziu mais fogo, mas dessa vez jurou que nunca mais seria enganado e que sempre quando colocasse o fogo debaixo de suas asas elas ficariam abaixadas e grudadas no seu corpo. E é por isso que a partir desse dia o avestruz nunca mais voou.

3. O roubo da inteligência

(TOGO)

No estreito território de Togo, uma aranha chamada Banu acompanhava com atenção o desenvolvimento de todos os seres vivos. Ela tinha sido dotada de uma inteligência excepcional, além de uma longevidade de dar inveja às próprias montanhas. Com seu cérebro privilegiado e tempo de sobra, Banu não parava de estudar o mundo a sua volta.

Numa tarde calorenta, Banu balançava-se preguiçosamente num dos seus fios, preocupada com o avanço da inteligência em outros animais e principalmente nos homens.

— Se eu não tomar cuidado, logo, logo, não serei mais o animal mais inteligente do mundo — refletiu o pequeno ser de oito patas.

Banu então teve uma ideia: construiu uma cesta de palha e resolveu percorrer o mundo roubando a inteligência de todos os seres vivos que encontrasse pelo caminho. Tempo, ela tinha de sobra.

A aranha fez vários canudos com bambus, bem afiados na ponta. Ela iria se aproximar do ser vivo, introduzir o canudo na sua cabeça e aspirar toda a sua inteligência, depois a transferiria para a cesta de palha.

A operação roubo da inteligência começou e Banu percorria montanhas, vales, florestas, rios, lagos e mares.

Depois do roubo ela voltava para casa, soprava a inteligência alheia na cesta e dormia profundamente.

Depois de muitos anos, a cesta de Banu estava repleta e ela satisfeita da vida. Ela seria para sempre o ser mais inteligente do mundo. De repente, uma preocupação assaltou seu espírito:

— Se alguém encontrar a cesta, estou perdida! Preciso escondê-la urgentemente!

Banu amarrou uma corda na cesta, pendurou-a no pescoço e começou a procurar um local, o mais inacessível possível. Depois de muito procurar, decidiu esconder a cesta na mais alta árvore da floresta.

Com muito esforço, Banu subia lentamente o tronco, porém o peso da cesta sempre a desequilibrava e ela acabava caindo no chão. A cena se repetiu muitas vezes e, quando ela estava prestes a desistir, uma voz disse:

— Minha querida aranha, você está fazendo tudo errado.

Banu olhou para o alto e viu uma pomba azul, com manchas avermelhadas em torno dos olhos e na ponta da cauda. Era uma beleza de pássaro!

— O que você me sugere? — perguntou humildemente a aranha.

— Amarre a cesta com seus poderosos fios, depois leve-os para o alto e de lá puxe com força e paciência a cesta.

A aranha ficou maravilhada com aquela sugestão. Mesmo tendo roubado a inteligência daquele animal, sua sabedoria e bondade não desapareceram. Banu ficou envergonhada de tudo que havia feito desde então, e se deu conta de quanta arrogância e egoísmo existiam dentro dela.

— Obrigada pela sua ajuda, querido pássaro azul.

A pomba emitiu um som melodioso, piscou para Banu e saiu voando.

Banu, então, em vez de subir a cesta com seus fios, decidiu tirar-lhe o lacre e, quando o fez, libertou toda a inteligência que havia roubado.

Depois de um tempo, a cesta parecia vazia. Banu olhou para o seu fundo e viu algumas palavras inteligentes que haviam grudado lá: "Não há ser no mundo que sabe tudo e não há ser no mundo que não sabe nada".

Aquelas palavras penetraram a alma de Banu, que a partir daquele dia se tornou um dos tantos seres inteligentes e sábios que circulavam pela Terra.

4. DINGA, O REI DE GANA

(GANA)

Houve uma época em que Gana foi um dos maiores reinos da África ocidental. Contam os antigos anciões que um rei lendário foi responsável por toda essa grandiosidade: Dinga. Teria sido ele o artífice da união de várias tribos embaixo de um só soberano.

Dinga foi um guerreiro espetacular e um rei muito amado pelo seu povo. Ele tinha dois filhos: o primogênito, Trikhiny, e o caçula, Djabe Sisse.

Os filhos cresceram com o mesmo amor e dedicação paterna, mas o primogênito, sabendo que seria o herdeiro natural do reino ganense, crescia de forma arrogante, desprezando todos a sua volta.

— Sitoure, seu escravo molenga, cadê a minha sandália!? — gritou Trikhiny.

— Meu amo, está bem ao seu lado — respondeu o já envelhecido escravo.

— Então venha apanhá-lo e coloque-os nos meus pés.

Sitoure obedeceu e fez o que o príncipe lhe havia ordenado.

— Você é folgado mesmo, maninho — disse Djabe Sisse.

Aquele escravo era um verdadeiro amigo para o príncipe caçula, mais que um amigo, um segundo pai.

— Por isso você nunca será rei, Djabinho. Um rei não pode ter pena de escravos, muito menos ser amigo deles — disse Trikhiny, caminhando em direção a um grande lago.

Os anos foram passando e a arrogância do príncipe herdeiro só aumentando. O velho escravo era tão maltratado que nem conseguia imaginar o que seria da vida dele quando aquele rapaz assumisse o trono. Pobre dele e pobre de Gana.

Dinga a cada ano ficava mais cansado e doente, seus olhos não enxergavam mais nada. Seu tempo de reinado estava chegando ao fim. A tradição mandava o rei chamar o primogênito ao seu aposento e abençoá-lo com o trono vindouro. Ao sentir que seus dias estavam escasseando, chamou o escravo dos filhos e disse:

— Sitoure, por favor, chame Trikhiny e diga-lhe que passarei o trono de Gana para suas mãos. Preciso abençoá-lo o mais breve possível.

O escravo saiu do aposento real e seu deu conta que Trikhiny estava numa caçada com alguns amigos e voltaria somente no dia seguinte. Uma ideia então caiu como um raio na cabeça de Sitoure. Ele foi até a casa do primogênito, pegou um anel e um bracelete que o príncipe deixou para ir à caçada e se dirigiu à casa de Djabe Sisse.

— Amado Sitoure, o que fazes por aqui?

— Quero que você coloque esse anel e esse bracelete — disse com ansiedade o escravo.

— Mas esses são os pertences do meu irmão.

— Sim, por isso mesmo. Seu pai está morrendo e quer abençoar Trikhiny. Assim que o fizer, ele será considerado o novo rei de Gana.

— O primogênito é ele, é o seu direito — disse com uma voz tensa o caçula.

— Nós dois sabemos que Trikhiny será um rei cruel, autoritário e que tudo que seu pai construiu ele o destruirá.

Os dois ficaram em silêncio por um tempo. Djabe Sisse sabia que tudo aquilo era verdade, mas então veio uma dúvida:

— Meu irmão é peludo, eu tenho a pele lisa e suave. Meu pai está cego, mas suas mãos ainda sentem as coisas.

Sitoure olhou para os braços do caçula, ele tinha razão. Então teve uma ideia: pegou um tapete feito com a pele de um leão e começou a cortá-lo; os pedaços mais peludos foi amarrando e trançando nos braços de Djabe Sisse. Depois colocou o bracelete e o anel numa de suas mãos.

— Vamos, seu pai está esperando, entre e não fale nada.

Os dois foram rapidamente para o aposento do grande Dinga. Ele sentiu alguém entrando e disse:

— É você, Trikhiny?

— Majestade, Trikhiny está com uma terrível dor de garganta e não consegue falar, por isso estou aqui para ajudá-lo.

— Querido filho, aproxime-se.

Djabe Sisse, com o coração batendo mais rápido que um antílope, sentou na cama do pai e percebeu que imediatamente as mãos de Dinga começaram a passear por seus braços, anel e bracelete.

— Trikhiny, que bom que você veio.

Ao ouvir isso, Djabe Sisse respirou aliviado.

A benção aconteceu de forma breve, serena e emocionante. Ao sair do aposento do pai, Djabe Sisse se tornou o rei de Gana e o seu reinado fez jus ao nome do lendário Dinga.

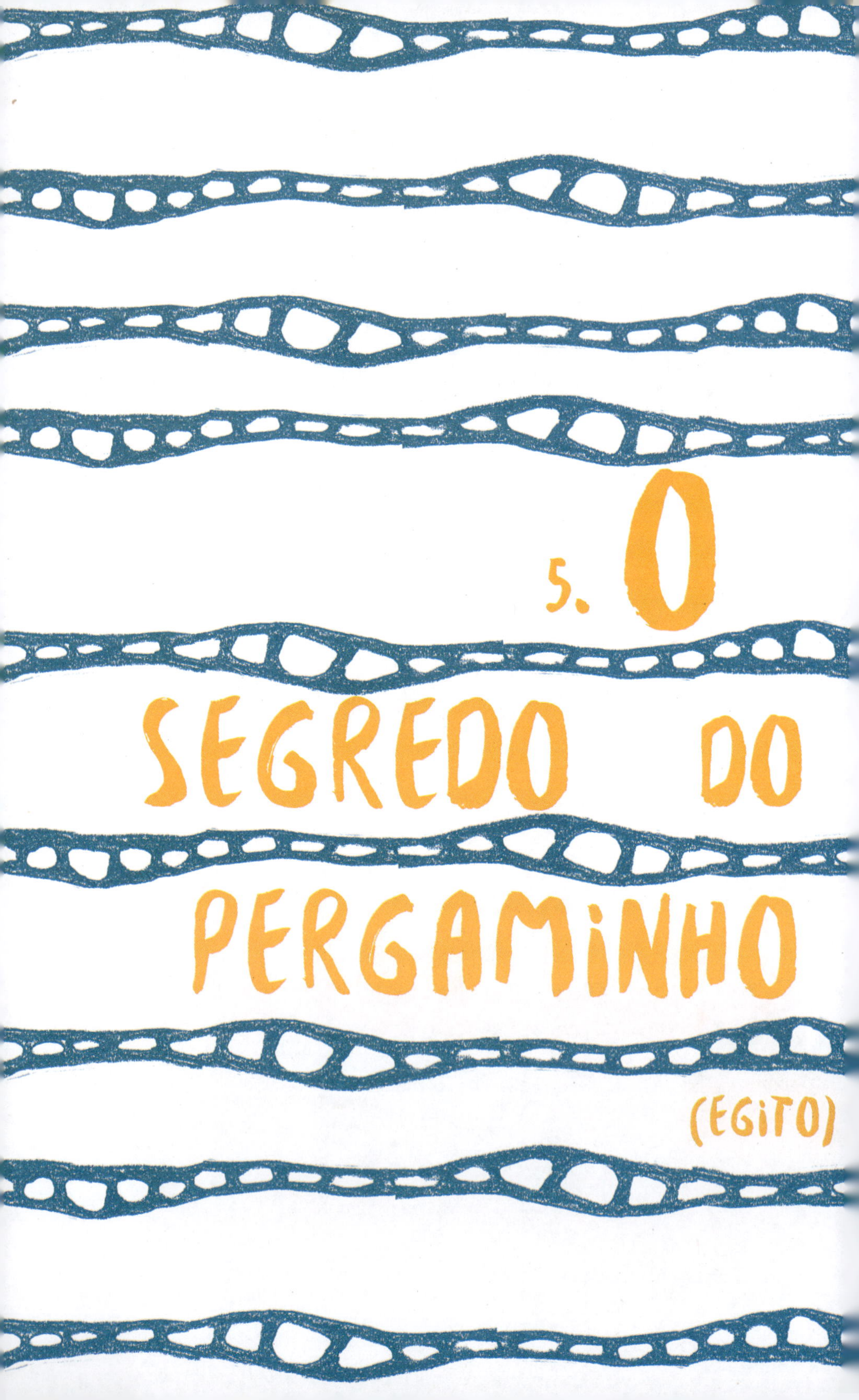

5. O SEGREDO DO PERGAMINHO

(EGITO)

O Egito tem uma história tão penetrante na imaginação humana que muitos se esquecem que ele faz parte do continente africano. Nós não esquecemos.

Contam que na corte de Ramsés II, de Mênfis, um estranho ocorrido se deu. Certa manhã, um misterioso núbio apareceu perante o Faraó e seus súditos e disse:

— Tenho aqui em mãos este pergaminho fechado. Duvido que alguém aqui no Egito seja capaz de ler o que está escrito nele, sem o abrir.

O Faraó, que podia mandar executar imediatamente aquele homem, ficou extremamente curioso e solicitou que seus sábios resolvessem a questão.

Percebendo que ninguém conseguia decifrar aquele mistério, o soberano mandou chamar seu mais inteligente e brilhante filho, o príncipe Setne, que pegou o pergaminho e por horas nada conseguiu.

Inconformado com a derrota, o príncipe solicitou dez dias para resolver a questão. O núbio aceitou e passou o pergaminho fechado para Setne, que percebeu que havia uma magia poderosa que lacrava tal objeto.

Por uma semana inteira, o príncipe debruçou-se sobre o pergaminho e nada acorria, até que no oitavo dia, seu filho de doze anos, Siosiri, aproximou-se e disse:

— Pai, por que esse ar de preocupação?

Setne contou toda a história do núbio e do pergaminho ao filho, no que este então falou:

— Eu posso lê-lo, meu pai.

— Como? O que você disse? — indagou o pai, surpreso com aquilo.

— Eu sei o que está escrito aí dentro e vou lê-lo somente na frente do vovô Ramsés e desse tal núbio — disse Siosiri, com ar confiante.

O príncipe não sabia mais o que fazer e decidiu confiar no filho. No décimo dia após o começo do desafio, Setne e Siosiri estavam no salão real, junto do Faraó, muitos súditos e do núbio, que tinha uma feição de vitorioso.

— Estimado visitante, meu filho Siosiri vai ler seu pergaminho — disse o príncipe Setne.

Todos olharam para aquele menino e esperaram ver o que aconteceria.

— No pergaminho — começou Siosiri — existe o relato de uma antiga história. Ela conta como um poderoso rei núbio usou o poder de um bruxo chamado Sa-Neheset para atrair o Faraó egípcio da época para seu reino e lá ele foi humilhado. A história ainda continua e diz que esse mesmo Faraó chamou seu bruxo, Sa-Paneshe, para revidar tamanha afronta do rei núbio. Aconteceu, então, uma guerra espetacular entre os dois bruxos, tendo Sa-Paneshe saído vitorioso no final.

O núbio estava estupefato com aquele menino. Aliás, todos ficaram impressionados com o relato que acabaram de ouvir. Porém, ainda havia mais a ser revelado.

— Vocês sabem por que esse sujeito arrogante está aqui hoje? — perguntou Siosiri.

Mas sem esperar que ninguém respondesse, apontou para o núbio e gritou:

— Sa-Neheset! Por que você voltou!?

— Quer dizer que o bruxo núbio renasceu? — perguntou Ramsés, um pouco preocupado.

— Sim, vovô, mas fique calmo, porque Sa-Paneshe também renasceu!

Todos começaram a procurar o tal bruxo egípcio que havia salvo o antigo Faraó.

— Sou eu, vovô! Eu sou Sa-Paneshe — disse o menino, já em posição de combate.

— Eu ansiava esse momento há séculos. Dessa vez eu o destruirei! — disse Sa-Neheset, também em posição de ataque.

Os bruxos começaram a atirar mutuamente bolas de fogo e água, serpentes e escorpiões voavam de um lado ao outro do salão. Todos estavam escondidos atrás das mobílias, assistindo àquela batalha mágica.

E, novamente, após centenas de anos, Sa-Panashe venceu Sa-Neheset, que foi transformado num filhote de hipopótamo. Por um mês inteiro, a vitória do menino bruxo foi comemorada por todo Egito.

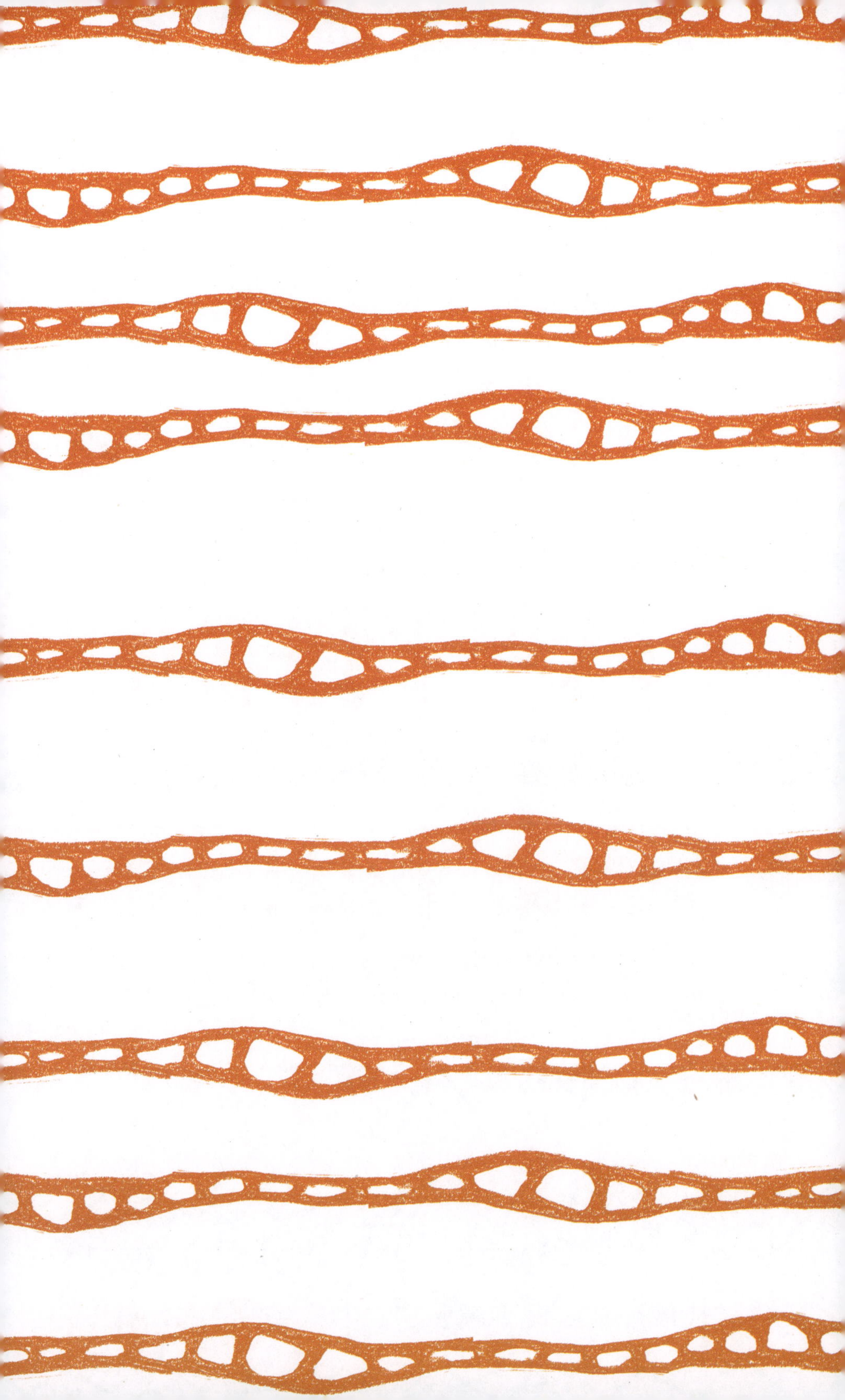

6. A
ESPERTEZA
DO COELHO
(TANZÂNIA)

Nos recônditos da Tanzânia, um menino se preparava para sair à floresta. Seu pai lhe havia pedido que cortasse lenha e regressasse o mais breve possível. O menino pegou seu pequeno machado, uma cesta e uma corda, despediu-se da família e foi em direção a sua obrigação.

Depois de algumas horas, a cesta estava carregada de lenha. A corda, entrelaçada em seu corpo, puxava sua carga. No meio do caminho, avistou um lago de águas transparentes e não teve dúvida, deixou suas coisas no chão e foi satisfazer sua intensa sede.

A água estava deliciosa e, quando o corpo já estava satisfeito e ele estava prestes a abandonar o lago, ouviu uma voz:

— Menino, por favor me ajude.

O menino olhou para o meio do lago e viu um enorme jacaré. As pernas, os braços, o corpo inteiro do menino tremiam sem parar.

— Menino, para de tremer, não vou te devorar.

— Como posso ter certeza de que você não fará isso?

— Se eu quisesse já o teria feito no momento em que você se ajoelhou para tomar seu primeiro gole de água.

Aquela afirmação fazia sentido. O menino parou de tremer e perguntou:

— O que posso fazer por você?

O jacaré começou a nadar em direção ao menino, parou, pôs a cabeça para fora da água e disse:

— Eu vim parar nesse lago através de um rio, mas ele secou e nunca mais consegui voltar para minha casa. Estou fraco para sair do lago e caminhar até o rio mais próximo. Você poderia me levar até o rio?

Aquelas palavras amoleceram o coração do menino. Mesmo com muito medo de ser devorado, ele disse:

— Quero ajudar, mas não sei como.

— Eu vi que você deixou um machado no chão. Corte dois grandes gravetos e, depois de eu subir neles, você pode me amarrar bem forte e me puxar até o rio.

— A ideia é boa, mas você vai me devorar?

— Prometo que não, menino.

O menino tomou coragem e começou a trabalhar. Cortou os gravetos, chamou o jacaré para subir neles e, assim que ele lá estava, o amarrou bem forte.

— Depois eu volto para pegar a minha lenha - disse o menino, começando a puxar o jacaré.

A caminhada foi sofrida, o jacaré pesava muito para um simples menino, mas ele estava quase chegando no rio. Ao avistá-lo, disse:

— Pronto, o rio está a sua frente, vou desamarrá-lo e você vai embora.

— Não, menino. Estou tão fraco. Por favor, me leve até a água.

Quando o jacaré estava na margem do rio, o menino disse:

— Aqui está bom?

— Não, por favor mais para dentro.

— Aqui está bom? - disse o menino, já com água nos joelhos.

— Não, por favor mais para dentro.

— Aqui está bom? - disse o menino, já com água no peito.

— Não, só mais um pouquinho.

— Aqui está bom? - disse o menino, já com água no queixo.

— Sim, pode me soltar.

A corda foi desamarrada e os gravetos deslizaram do corpo do jacaré. O menino começou a voltar para a margem, quando sentiu algo o segurando; era a cauda do jacaré enrolada nas suas pernas.

— Para onde pensa que vai? - disse o jacaré.

— Vou embora, foi nosso combinado, eu te salvei e você não vai me devorar - disse o menino, já arrependido de tudo.

— Estou morrendo de fome e você é uma iguaria para um jacaré. Sinto muito, menino.

Quando a bocarra do animal estava a poucos centímetros do rosto do menino, os dois ouviram um mugido, uma vaca bebericava água na margem do rio. O menino teve uma ideia:

— Jacaré! Jacaré! Antes de você me comer, vamos perguntar para a vaca o que ela acha do que você está fazendo comigo. Por favor, você, pelo menos, me deve essa.

O jacaré gostou da ideia e curioso foi junto com o menino, bem preso na sua cauda, até a margem. A vaca levou um susto inicial, mas depois relaxou ao ver que era o menino que estava prestes a ser devorado e não ela.

— Então, vaca, o que você acha que o jacaré deve fazer comigo? - disse o menino, depois de contar todo o ocorrido.

— Eu acho que os homens são muito maus. Eles tiram meu leite, meu couro, meus ossos, aproveitam cada parte do meu corpo e nunca me dão nada em troca, portanto, jacaré, boa refeição! - respondeu a vaca, já dando meia-volta e indo embora.

— Você viu, menino, a vaca é sábia - disse o jacaré. - Agora fique quieto que estou com fome.

A bocarra novamente se abriu, os dentes pontiagudos começaram a roçar a pele do menino, quando, de repente:

— Olha, jacaré! Um burro está na margem do rio, vamos perguntar para ele.

— Você é insistente, menino. Mas, tudo bem, pergunte.

O burro ouviu toda a história e disse:

— Os homens colocaram pesos inimagináveis nas minhas costas, me fizeram arar, puxar, caminhar sem parar e, quando fiquei velho, como eles me retribuíram? Simplesmente me abandonaram. Jacaré, tenha uma bela refeição com o pequeno homem.

O jacaré começou a rir. Prendeu o menino com força e começou a puxá-lo para o meio do rio.

— Agora já chega de lenga-lenga, vamos ao lanche - disse o jacaré.

— Espere, prometo que é a última vez! - disse o menino ao avistar um coelho.

— Eu é que prometo que é a última vez! Estou ficando impaciente - disse o jacaré.

O menino gritou para o coelho e começou a contar os acontecimentos.

— Não estou ouvindo nada! Venham mais próximos da margem! - disse o coelho.

Quando eles chegaram na margem, o menino novamente começou o seu relato.

— Não estou ouvindo nada! Saiam da água e venham até bem próximos de mim - disse o coelho.

— Mas você é tão orelhudo e surdo ao mesmo tempo - disse o irritado jacaré.

— É que estou com muita cera no ouvido, não deu tempo de limpá-lo - respondeu sorridente o coelho.

O jacaré saiu da água com o menino bem preso na sua cauda. Quando o coelho ouviu todo o relato, disse:

— Nunca ouvi tanta mentira num dia só!

— Como assim? — perguntou o jacaré.

— É impossível que um menino franzino desse te carregou até aqui, impossível!

— É a mais pura verdade! — disse o jacaré, com ar ofendidíssmo.

— Então me prove! — disse o coelho.

— Menino, pegue dois grandes galhos e aquele cipó que servirá como corda e mostre para esse palerma como você me carregou.

O alívio foi grande quando o menino sentiu a cauda do jacaré se afastar do seu corpo. Ele saiu correndo, pegou dois galhos e o cipó. Deixou que o jacaré subisse neles e começou a amarrá-lo mais forte do que antes.

— Está vendo, coelho surdo? Foi assim que o menino me trouxe até aqui!

— Muito bem, agora acredito. Aproveitando o ensejo, menino, seu povo não adora carne de jacaré?

— Sim, uma iguaria!

— Então façam bom proveito. Adeus, jacaré! - disse o coelho, saltitando para longe do rio.

— Menino, por favor, me solte, foi tudo um mal-entendido, prometo que não vou te devorar — disse o jacaré.

Dessa vez o menino aprendeu a lição. Começou a cantar bem alto para não ouvir as lamúrias do jacaré. E, naquela mesma noite, uma bela história e uma bela refeição foram compartilhadas pela família e pelos amigos do menino da Tanzânia.

7. O REINO DO CÉU

(LESOTO)

Lesoto é um país incrustado na África do Sul. O mar não faz parte de sua paisagem, em compensação suas altas montanhas e rios fazem desse pequeno reino uma alegria para os olhos dos seus moradores e visitantes.

Existe uma antiga lenda em Lesoto que conta sobre uma jovem deslumbrante chamada: Selekana. Tal jovem vivia na mais poderosa aldeia do Reino do Céu, nome que se dava àquela região por suas enormes e poderosas montanhas, que raspavam seus cumes na imensidão celeste.

Selekana encantava todos os guerreiros de sua aldeia, não somente por sua beleza, mas também por ser muito simpática, caridosa e trabalhadora. Por outro lado, as jovens morriam de inveja daquela que monopolizava todas as atenções masculinas. A mais incomodada da aldeia era a filha do líder tribal:

– Não aguento mais a cara de Selekana! Vocês viram a última? – perguntou Akoko.

Todas as jovens da aldeia sentadas na frente de Akoko fizeram uma expressão de curiosas, no que a filha do chefe prosseguiu:

– A bonitinha do Reino do Céu deu agora para cozinhar para os mais velhos da aldeia. Ela quer comprar a simpatia de todos, aquela falsa!

Um buxixo começou a tomar conta das jovens, ninguém mais aguentava aquelas demonstrações de bondade e cooperação de Selekana. Não bastava ela ser linda, também tinha uma espírito bom!

— Eu não sei vocês, mas para mim chega! Não suporto mais ver a cara dela, vamos dar um jeito nisso definitivamente — Akoko destilou seu veneno.

Fez-se um silêncio, olhares eram trocados e finalmente todas entenderam o que Akoko estava propondo.

— Venham, minhas irmãs, aproximem-se, vou contar meu plano — disse Akoko, começando a sussurrar.

Depois de ouvirem Akoko, todas assentiram com a cabeça. O destino da bela Selekana estava selado.

No dia seguinte, Selekana estava na beira de um imenso rio, lavando roupas e utensílios domésticos. De repente, ela ouviu passos se aproximando, virou-se e vislumbrou todas as jovens da aldeia caminhando em sua direção. Ela parou seus afazeres, esperou a aproximação de todas e disse:

— Queridas irmãs, aconteceu algo? Por que todas vocês estão aqui?

Akoko se pôs à frente das jovens e disse:

— Sim, aconteceu algo! Não suportamos mais sua presença na aldeia!

Antes de Selekana entender o que estava acontecendo, a turba pegou a jovem e com muita força a atirou no meio do caudaloso rio.

Os gritos desesperados de Selekana começaram a sensibilizar algumas jovens, que foram sendo tomadas por um arrependimento atroz. A única que estava completamente feliz e satisfeita em ver a desgraça de Selekana era Akoko.

— Vamos, irmãs, não há mais nada a fazer por aqui — disse a invejosa Akoko.

Enquanto as jovens davam as costas ao rio aos gritos, um gigantesco crocodilo começou a deslizar da terra para a água.

Selekana tentava de todo o jeito nadar para as margens, mas era impossível! Aos poucos ela foi se dando conta de que não havia mais o que fazer, parou de gritar, relaxou o corpo e se entregou ao destino. Antes de a bela jovem começar a afundar, o crocodilo se aproximou, abriu a boca e com delicadeza segurou-a. Nesse momento, Selekana desmaiou.

Ao despertar, ela estava em terra firme. Na sua frente o enorme crocodilo.

— Onde estou? Quem é você? Estou morta? — perguntou ansiosamente a jovem.

O crocodilo, que estava de pé, em duas patas, se aproximou e, como se sua pele fosse uma fantasia, retirou-a e de lá saiu um ser de aparência humana, mas que jorrava uma luz divina de todo o seu corpo.

— Você está na minha casa, sou o Deus do Rio e você não está morta.

— Por que você me salvou, Deus do Rio?

— Venho te observando há muito tempo, você tem uma beleza por fora e por dentro, isso é raro. Não queria que você morresse, mas agora você ficará no meu reino e ajudará a minha esposa nos seus afazeres.

Selekana ficou muito agradecida e começou a trabalhar na sua nova casa. Ela era muito bem tratada pela esposa do Deus do Rio. As duas se tornaram grandes amigas e seu trabalho era constantemente elogiado.

Certa noite, o Deus do Rio chamou Selekana e disse:

— Conversei com minha esposa e decidimos que está na hora de você voltar para o Reino do Céu. Vamos sentir muito a sua falta, mas sabemos que seu coração não para de pulsar pela sua aldeia.

A jovem abriu um enorme sorriso e agradeceu ao Deus do Rio.

Antes de ele se transformar em crocodilo e levá-la para casa, o Deus do Rio lhe deu de presente as mais belas e preciosas joias de toda a África.

— Nunca vou me esquecer da bondade do Deus do Rio e de sua mulher, obrigada! — disse a jovem, pegando a sacola com as joias e já se aninhando na boca do grande crocodilo.

A viagem foi rápida e, ao adentar nas bordas da aldeia, Selekana começou a chorar. A saudade e o medo tomaram conta do seu corpo.

Uma criança, ao ver a jovem misteriosa se aproximando, correu para avisar a todos.

A aldeia inteira foi ver quem era aquela mulher, quando, de repente:

— É Selekana! É Selekana! — gritou uma velha.

As pessoas não podiam acreditar. Há anos aquela jovem havia desaparecido da aldeia. As culpadas pelo desaparecimento nunca contaram a verdade, mas o remorso e a culpa rondou a vida de quase todas, menos, claro, a de Akoko.

As mulheres que jogaram-na ao rio estavam todas chorando. Aproximaram-se e, uma por uma, abraçaram Selekana e pediram desculpas.

— Então você voltou dos mortos, ainda por cima mais bela e jovem do que antes — disse Akoko, que já havia envelhecido.

Dessa vez, as mulheres da aldeia cercaram Selekana e disseram:

— Deixa-a em paz, Akoko. Dessa vez não vamos cair na sua venenosa lábia!

— Eu só quero saber o que aconteceu com nossa irmã queridinha — retrucou Akoko.

Selekana fez todos se aproximarem e contou sua história. Estavam todos boquiabertos, ainda mais quando viram as mais preciosas joias de toda a África.

— Eu não aguento isso! Por que ela tem tudo e eu nada? Eu também quero essas joias! — gritou Akoko, que logo em seguida começou a correr em direção ao rio.

Akoko não pensou duas vezes: se atirou na água e começou a gritar pelo Deus do Rio. Este, ouvindo, se transformou no enorme crocodilo e salvou a mulher.

Ao chegar no reino do Deus do Rio, ela nem agradeceu e foi logo falando:

— Cadê as minhas joias! Selekana ganhou, não foi? Também quero!

O Deus do Rio tinha pensado que, ao salvá-la, talvez Akoko mudasse seu comportamento, mas se enganou. Sem retirar sua pele de crocodilo, ele se aproximou, abriu a bocarra e devorou a insuportável mulher.

Selekana voltou a sua vida na aldeia e agora suas irmãs a admiravam e aprendiam com ela a importância da bondade.

8. QUEM É O MAIS VELHO?

(BOTSUANA)

Nas entranhas de Botsuana todos sabiam da característica principal do chacal: enganar os outros. Muitas vezes ele conseguia e outras não.

Numa tarde calorenta de verão, o chacal resolveu pregar uma peça no seu colega porco-espinho:

— Amigão, você está com fome?

O porco-espinho, que já conhecia a fama do chacal, respondeu desconfiado:

— Sempre estou com fome.

— Então hoje é seu dia de sorte! — disse o chacal, já se aproximando, mas nem tanto por causa dos espinhos do porco-espinho.

— Por que é meu dia de sorte? Você virou cozinheiro e me fará uma bela sopa de almôndegas de avestruz?

O chacal deu uma risada falsa e disse:

— É muito melhor que avestruz! Eu acabei de ver o local onde o leão escondeu uma carne fresquinha de antílope. Você quer dividir comigo essa iguaria?

Ao ouvir "carne fresquinha de antílope", o porco-espinho começou a se agitar. O chacal havia laçado o estômago do companheiro.

— Sim, quero dividir com você esse banquete, vamos logo — disse o porco-espinho.

O chacal apontou o focinho para o local do esconderijo do leão e os dois começaram a andar. Quando estavam se aproximando, o chacal disse:

— Meu amigo porco-espinho, te proponho um desafio.

— Fale rápido que estou morrendo de fome.

— Vamos apostar uma corrida até o local da carne, quem chegar primeiro come a carne sozinho e outro fica só olhando.

O porco-espinho caiu na real, aquele chacal era um traiçoeiro! Corria muito mais rápido do que ele, com certeza teria a carne inteira. De repente, caiu uma ideia na cabeça do porco-espinho.

— Chacal, proponho outro desafio.

— Diga, amigo espinhoso.

— Vamos até o esconderijo e o animal mais velho entre nós comerá o banquete sozinho.

O chacal deu um sorriso malicioso e já bolou um plano para se fartar com a carne do antílope sozinho.

— Combinado — respondeu o chacal.

Os dois chegaram no esconderijo do leão. Ainda bem que o rei da floresta não estava por lá, mas a carne não tinha ido a lugar algum, lá estava ela à espera de ser devorada.

— Bom, meu caro porco-espinho, você sabe quando eu nasci? — disse o chacal, se aproximando da lauta refeição.

— Não faço ideia.

— Eu nasci há dez mil anos, conheci o criador de todos os seres, aliás, ele era meu parceiro de xadrez, excelente jogador.

O chacal acabou de falar, se aproximou da carne todo feliz, quando, de repente, o porco-espinho desatou a chorar, um choro alto, molhado e profundamente triste.

— O que foi, porco-espinho? — perguntou assustado o chacal.

— É que você... snif... me fez lembrar... snif... de uma coisa muito triste.

— O quê? O quê? — perguntou curioso o chacal.

— Nessa mesma época que você conheceu o criador, eu já era avô, e meu netinho querido foi devorado por uma imensa cobra.

— Que horror — disse o chacal, já disfarçando as lágrimas. — E o que aconteceu depois?

— A minha tristeza foi profunda, mas a mãe do criador, que era uma velha amiga minha, me consolou. Se não fosse por ela, eu nunca mais daria um sorriso na vida.

Quando o chacal ouviu "mãe do criador" e "velha amiga", percebeu que o porco-espinho havia vencido o desafio.

O banquete foi devorado pelo porco-espinho. O chacal ficou só olhando e esperando o colega terminar, assim pelo menos comeria os restos. Entretanto, assim que o espinhoso saciou sua fome e o chacal se preparava para comer as sobras, ouviu-se um rugido: o leão estava voltando. Os dois saíram do esconderijo rapidamente, um foi para casa de barriga cheia, já o outro...

9. A PELE DA IMORTALIDADE

(SERRA LEOA)

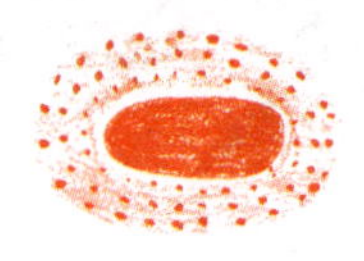

A próxima história vem de Serra Leoa, localizado na África ocidental.

O grande criador do mundo, Yataa, olhava para sua criação com alegria e orgulho. O mundo estava repleto de seres animados e inanimados. Entre eles, os preferidos de Yataa eram os três seres humanos que havia modelado e soprado a vida: um homem, sua mulher e seu filho.

O deus criador olhava para os três como uma criança olha para seu brinquedo favorito e, tomado por uma grande emoção, decidiu comunicar-lhes uma importante decisão:

— Diferentemente dos outros seres vivos, vocês não morrerão nunca!

Os três se entreolharam e gostaram do que ouviram. A primeira mulher do mundo, que já era vaidosa, perguntou:

— Yataa, mas nós não envelheceremos?

— Sim, vocês envelhecerão. Seus corpos ficarão arqueados e suas peles cada vez mais enrugadas.

Ao ouvir "pele enrugada", a mulher teve um espasmo e disse:

— Mas você acabou de dizer que não morreremos, não entendo.

Yataa achou interessante a reação da mulher, mas para tranquilizá-la, respondeu:

— Vou mandar daqui a pouco o meu emissário com uma cesta repleta de peles novas. Quando começarem a perceber que a pele de vocês está enrugando e caindo, bastará trocar de pele e instantaneamente vocês voltarão a se sentir jovens.

Os três pularam de alegria com aquela informação.

O deus criador foi embora, avisando que o emissário voltaria logo com as peles, que deveriam ser guardadas como um tesouro inestimável. Yataa entregou a cesta com as peles para o cachorro, em quem ele confiava:

— Entregue a cesta para a mulher, o homem e seu filho.

O cachorro abanou o rabo, segurou a cesta com o focinho e foi caminhando alegremente em direção aos homens. No meio do caminho, começou a farejar um cheiro de comida, um banquete que seus amigos da floresta estavam comendo. Ele não resistiu, parou, deixou a cesta no chão e se aproximou do bando:

— Amigos, posso comer um pouco? Estou cansado de carregar essa cesta, preciso repor minhas forças.

— Só se você contar o que tem nessa cesta — disse a hiena, curiosa e sorridente.

O cachorro contou, nenhum animal que estava se banqueteando deu bola para aquela história. Porém, a cobra, que rastejava por lá, adorou aquilo e roubou a cesta com as peles da imortalidade.

Quando o cachorro acabou de comer e olhou para baixo, viu que havia sido roubado. Não adiantou latir, correr e pular, a cesta havia desaparecido. Com o rabo entre as pernas, ele chegou na frente dos três. A criança acariciou a cabeça do cachorro e disse:

— Você é o emissário de Yataa?

— Sim.

— E cadê as peles? — disse a mulher, olhando por todos os cantos ao redor do cachorro.

— Alguém roubou a cesta — disse o cachorro, tampando o rosto com suas duas patas dianteiras.

O homem olhou para o céu e gritou:

— Yataa! Precisamos de você!

No mesmo instante, o deus criador apareceu e já foi falando:

— A cesta de peles foi roubada pela cobra.

— Você não tem mais peles guardadas? — perguntou a mulher, já desesperada imaginando-se toda enrugadinha.

— Não! Infelizmente não posso fazer mais nada por vocês. A partir de hoje, todos os homens envelhecerão e morrerão.

— E a cobra? — perguntou a criança.

— Ela ganhará uma punição: viverá para sempre longe dos outros animais, escondendo-se deles.

— E as peles, o que ela fará com elas? — perguntou a mulher.

— Ela acreditará que mudando a pele ficará jovem para sempre, mas isso será uma ilusão. As peles da cesta não servem para as cobras, elas também envelhecerão e morrerão.

— Não há mais nada que possamos fazer? — perguntou o homem.

— Sim — respondeu Yataa. — Aproveitem bem a vida, assim a velhice será repleta de boas lembranças e principalmente de boas histórias.

Ao acabar de falar, Yataa foi embora levando seu emissário. Os três primeiros homens do mundo ficaram em silêncio e depois de um tempo recomeçaram seus afazeres. Havia uma vida inteira pela frente.

10. A CESTA PROIBIDA

(CONGO)

O Congo foi um poderoso reino localizado no centro da África. E é de lá que vem essa preciosa história.

Um pequeno agricultor chamado Motu cuidava com afinco de sua plantação de banana. Ele sabia que aquela fruta era de suma importância para a sobrevivência da sua aldeia.

Quando Motu, depois de muito trabalho, começou a se preparar para colher os frutos, uma ingrata visão o surpreendeu. Alguém havia cortado alguns cachos de banana. Ele ficou furioso. Quem seria o ladrão? No dia seguinte, bem cedo, decidiu ficar escondido e ver o larápio em ação.

Ao raiar o sol, Motu foi até sua plantação e se escondeu atrás de uma enorme pedra. Um tempinho depois, ele não podia acreditar no que seus olhos estavam vendo: pessoas desciam das nuvens em cordas celestes, cortavam os cachos e voltavam a subir.

O agricultor levou um tempo para recuperar o fôlego e logo em seguida começou a pensar num plano para acabar com aquilo. No dia seguinte, lá estava ele atrás da pedra antes do raiar do sol, ao seu lado uma lança.

Quando os primeiros raios solares atingiram a terra, Motu vislumbrou o povo das nuvens descendo até sua plantação. Quando eles começaram a cortar os cachos, Motu apareceu, deu um grito e lançou sua arma em direção aos ladrões. O povo das nuvens ficou assustado e começou a subir pelas cordas. Entretanto a lança havia atingido uma das cordas e derrubado alguém.

Motu, com rapidez, foi até o local da queda e viu no chão uma mulher belíssima. Ele estava preparado para gritar, brigar, punir o ladrão de sua plantação, mas o que saiu de sua boca foi:

— Está tudo bem com você? Posso te ajudar?

A mulher estendeu a mão para Motu, que a ajudou a levantar-se. Ele estava hipnotizado por aquele rosto.

— Qual o seu nome?

— Asiê — respondeu a mulher das nuvens.

Aquela voz era algo mágico. Motu estava apaixonado! O furto dos cachos havia sido enterrado na sua memória, ele só pensava no futuro com Asiê.

— Você quer ser minha mulher, Asiê?

Ela assentiu com a cabeça. A mente de Motu explodiu como mil tambores tocando ao mesmo tempo. Os dois foram para casa de Motu, ele contou para a aldeia a história do povo das nuvens e da queda de Asiê. No começo, todos desconfiaram daquela criatura tão parecida com os homens, mas vinda do céu. Porém, com o tempo foram se acostumando com a sua presença.

Asiê trabalhava com o marido na plantação de banana, que aliás desde sua queda nunca mais foi incomodada pelo povo das nuvens. Ela era uma artesã de mão cheia e ajudava a todos que necessitavam na aldeia. Algo que chamava muito a atenção da mulher vinda das nuvens era que o povo de Motu não conhecia o fogo. Eles comiam carne crua, quando fazia frio não havia o calor do fogo para se esquentar nem se proteger das feras da selva.

— Motu, marido querido. Quero ajudar seu povo a conhecer e manejar o fogo.

Ao ouvir as maravilhas que Asiê contava sobre o fogo, Motu disse:

— Precisamos do fogo! Como podemos tê-lo?

— Preciso chamar o meu povo e pedir-lhe que tragam o fogo para aldeia.

— Chamar o povo das nuvens!? Eles vão roubar novamente a minha plantação!?

Asiê abriu um sorriso e respondeu:

— Prometo que não vão encostar nas bananas. Isso, claro, não impede de darmos alguns cachos em troca do fogo.

— Fechado! — gritou alegremente Motu.

No dia seguinte, a aldeia inteira olhava para o céu e observava as cordas celestes penduradas nas nuvens e de lá alguns seres descendo com paus iluminados.

Ao tocar na terra, Asiê deu as boas-vindas para seu povo. A tensão inicial foi sendo quebrada e as pessoas foram se aproximando daquelas extraordinárias bolas iluminadas.

O dia inteiro foi de aprendizado, o povo das nuvens ensinava a fazer o fogo, a usá-lo e apagá-lo. Motu estava orgulhoso de sua esposa e feliz com a nova conquista da aldeia.

No fim do dia, o povo das nuvens começou a se despedir. Muitos deram presentes de agradecimento, Motu ofereceu cachos fartos de banana.

À noite, ao redor do magnífico fogo, Motu começou a ouvir alguns aldeões conversando; "Como faço para me casar com uma mulher das nuvens?". "Gostaria muito de ter a companhia desses seres celestes." "Como seria bom tê-los por perto."

Naquele dia, antes de dormir, Motu disse para Asiê:

— Querida esposa, o dia hoje foi maravilhoso, obrigado por tudo. Mas queria saber se existe alguma possibilidade do seu povo vir morar conosco.

— Amanhã falarei com eles e te darei uma resposta, amado marido.

No dia seguinte, Asiê foi correndo até a plantação de banana. Ela carregava consigo uma cesta de palha com um enorme tecido selando-a.

— Motu, Motu, falei com eles e já tenho a resposta a sua pergunta.

Motu estava eufórico e ansioso pela resposta:

— Diga logo, Asiê!

— Eles me deram essa cesta e me disseram que se você conseguir não abri-la em até um mês, o povo das nuvens inteiro descerá na aldeia e viverá conosco para sempre.

— Mas o que tem nessa cesta, Asiê? — disse Motu, com uma curiosidade gigantesca.

— Não sei, eles não me disseram. Você consegue ficar um mês sem abri-la?

— Claro, Asiê. Isso será fácil.

A cesta foi colocada dentro da casa de Motu. Nos primeiros dias, o agricultor passava por ela, dava uma olhada rápida e continuava seus afazeres. As semanas foram passando e quando faltavam poucos dias para o término do desafio do povo das nuvens, Motu ficou doente.

Asiê estava na plantação de banana enquanto seu marido descansava da doença em casa. Deitado na sua cama de palha, Motu começou a ficar entediado quando seus olhos encontraram a cesta. Ele se aproximou, pegou a cesta nas mãos:

— É bem leve. Será que é um pedaço de nuvem?

Aquela ideia chicoteou a mente de Motu. Ele olhou para fora, não havia ninguém por perto.

— Vou abrir o tecido e depois fechá-lo direitinho. Duvido que alguém descubra o que fiz — disse ele baixinho.

Decisão tomada, Motu começou a desamarrar o tecido bem lentamente e, ao olhar para dentro da cesta: nada! Não havia absolutamente nada!

— Então era isso que eu não podia ver, que bobagem — disse Motu, amarrando cuidadosamente o tecido na cesta.

Ele riu daquilo, deixou a cesta no mesmo lugar que estava e foi dormir um pouco.

— Motu! Motu! Venha! Corra!

O agricultor levantou assustado com os gritos, saiu da cama e correu para fora.

— Motu, corra até sua plantação — gritou uma criança.

A aldeia inteira estava lá, todos chorando e implorando para que o povo das nuvens descesse.

Ao avistar Asiê subindo numa das cordas celestes, Motu entrou em desespero:

— Asiê, para onde você está indo!? Volte para sua casa!

A mulher de Motu parou e com os olhos molhados, disse:

— Desculpe, Motu, não posso! Você abriu a cesta e com isso nunca mais o meu povo poderá descer as cordas celestes para visitá-los. Eu faço parte do povo das nuvens e por isso preciso ir embora com eles, sinto muito.

Essas foram as últimas palavras de Asiê. Ela retomou a subida nas cordas celestes e depois de um tempo todos já haviam desaparecido entre as grandiosas nuvens brancas.

Uma tristeza tomou conta da aldeia de Motu. Ele estava inconsolável e arrependido.

Contam que com o passar do tempo a tristeza foi se dissipando e as lembranças felizes daquele tempo, principalmente a conquista do fogo, foram sendo cantadas e contadas por várias e várias gerações.

11. A Cinderela Africana

(Egito)

Há mais de dois mil anos, nas terras longínquas do Egito, um rico e velho comerciante havia acabado de comprar uma escrava chamada Rhodopis. Ela era de uma beleza única, porém, seu olhar transbordava tristeza profunda. Ela havia pertencido à nobreza grega e numa guerra pavorosa foi capturada pelos egípcios e levada para o mercado dos escravos.

Rhodopis chegou a sua nova casa, um palacete digno de rei, e foi acomodada junto com outros escravos. A beleza e a postura dessa nova escrava rapidamente chamaram a atenção de todos a sua volta. A mulher do comerciante e suas filhas começaram a morrer de inveja daquela beleza inalcançável. E por causa disso faziam ela trabalhar o dobro, o triplo do que todos os outros escravos.

— Rhodopis, vá até o Rio Nilo e lave meu tapete — dizia a mulher do comerciante.

— Rhodopis, vá sozinha até o mercado e me compre dois sacos gigantes de tâmaras — dizia uma das filhas.

— Rhodopis, entre no estábulo e escove o meu camelo dez vezes seguidas — dizia a outra filha.

O trabalho não parava. Ela era, sem dúvida nenhuma, a escrava que mais era convocada para os mais diversos trabalhos. O incrível era que, mesmo trabalhando tanto, a beleza da jovem, em vez de esmorecer, florescia a cada dia.

A mãe da família então decidiu deixá-la trabalhando o dia inteiro lavando roupa às margens do Rio Nilo. Com certeza o sol acabaria com aquela beleza toda!

Rhodopis carregava um fardo pesado de roupas diariamente, se ajoelhava na frente da água e começava a cantar e a esfregar roupas. O sol escaldante machucava sua delicada pele, mas a solidão, a música e a natureza a sua volta traziam uma paz interior que ela há muito não experienciava.

Depois de algumas poucas semanas na frente do Rio Nilo, a solidão começou a evaporar. Toda vez que a jovem começava sua linda cantoria, um bando de pássaros se aproximava e depois pousava no corpo de Rhodopis. Era impressionante! A relação da jovem com os pássaros ficava a cada dia mais intensa, eles pareciam compreendê-la e até a ajudavam. Quando uma roupa escapava e começava a descer o rio, um grupo voava em disparada e trazia a roupa de volta.

Além dos pássaros, Rhodopis começou a encantar outros animais com sua voz e beleza. Um dia, um enorme hipopótamo saiu repentinamente do meio do rio enquanto a jovem cantava e o susto foi literalmente grande! Mas rapidamente o hipopótamo se mostrou manso e simpático. Ele queria apenas ouvir melhor aquelas lindas canções. Nos dias seguintes do aparecimento do grande hipopótamo, vieram também rãs, lagartos, crocodilos e até serpentes, todos formando uma plateia hipnotizada pela bela Rhodopis.

Numa noite quente de verão, a família do rico comerciante estava sentada em volta de uma imensa mesa com iguarias, quando a mulher começou a falar:

— Não sei como Rhodopis continua com aquela pele tão bonita. O sol parece rejuvenescê-la. Amanhã vou até o Rio Nilo para ver como ela anda trabalhando por lá.

— Amanhã você não tem de ir ao mercado para comprar os tecidos para o grande dia da visita do Faraó a nossa cidade? — perguntou o marido.

— É verdade — respondeu a mulher.

— Pode deixar que eu vou, faz tempo que não avalio o trabalho de Rhodopis. Depois te conto — disse o homem.

No dia seguinte, o velho comerciante, montado num belo camelo, foi até o local de trabalho da jovem escrava. Ao se aproximar, ele precisou coçar os olhos várias vezes. Aquela imagem era surpreendente! Rhodopis cantava e dançava, acima dela um pano que a protegia do sol era segurado pelo bico de um bando de pássaros, vários animais da água e da terra estavam a sua volta, hipnotizados com aquele espetáculo de graça e leveza.

O velho comerciante parou seu camelo a uma distância que não podia ser visto, aquela cena o hipnotizara também. Ele sabia que se contasse aquilo para a mulher e as filhas, elas puniriam a escrava. O segredo era essencial para proteger aquela pérola rara.

Ao amanhecer, a mulher perguntou o que o marido havia visto no dia anterior. Ele garantiu que Rhodopis trabalhava sem parar, e o sol uma hora ou outra começaria castigar o corpo da jovem. Ao ouvir aquilo, um sorriso maldoso apareceu na boca da mulher, que no mesmo instante avistou a escrava tão invejada.

— Venha aqui, Rhodopis — gritou a mulher.

— Sim, o que deseja? — perguntou Rhodopis.

— Só queria que você soubesse que amanhã o Faraó do grande Egito passará pela nossa cidade, mas infelizmente você estará lavando roupa enquanto isso ocorrer. Pode ir embora agora.

— Ainda não, Rhodopis — disse o comerciante. — Quero que você venha ao meu escritório pegar mais um saco de tapetes que preciso que você lave.

A mulher abriu novamente aquele sorriso malicioso e foi embora.

Ao entrar no escritório do velho comerciante, Rhodopis já se preparava para carregar mais um fardo, mas, ao contrário disso, ouviu:

— Sente aqui — disse o velho, apontando uma confortável poltrona. — Não tenha medo.

Ela sentou meio desconfiada, aguardando algum castigo ou punição. Em vez disso, o velho lhe serviu um copo de suco de tâmaras com hortelã.

— Ontem eu fui ver como andava seu trabalho perto do rio e fui surpreendido com uma das mais belas imagens que meus cansados olhos já puderem ver. Não fazia ideia do seu talento.

Rhodopis não sabia o que falar e não sabia qual seria a consequência daquela revelação. O homem continuou:

— Vi como você dançava e percebi que estava descalça. Quero que você receba um presente para acomodar seus talentosos pés — dizendo isso, ele tirou de um baú um par maravilhoso de sandálias feito de couro e do mais puro linho; cores que lembravam um arco-íris enfeitavam as sandálias. — Elas foram da minha mãe e agora são suas — disse o homem, entregando-as a Rhodopis.

Ela não sabia o que dizer, estava feliz da vida, mas, ao mesmo tempo, temerosa:

— O que sua mulher e suas filhas vão achar disso?

— Eu nunca vou contar a elas. Você só use as sandálias lá perto do Rio Nilo, esse será o nosso segredo.

Rhodopis abraçou o homem e saiu correndo, ela estava ansiosa para experimentar as sandálias. Ao chegar perto do Rio Nilo, calçou-as e começou a cantar e a dançar como nunca. Rapidamente sua plateia mais fiel foi aparecendo e sentando ao seu redor e acima dela. Depois de muitas canções e danças, ela decidiu que era hora de trabalhar e, para não sujar as sandálias, tirou-as e as deixou ao lado de um dos fardos de roupa.

De repente, surgiu uma ventania intensa e uma das sandálias foi parar dentro do rio. Ela rapidamente saltou na água, mas a corrente, que naquele dia estava mais forte do que nunca, ganhou a disputa. Nem os animais podiam ajudá-la, já que todos também estavam trabalhando para conseguir comida. A tristeza foi tamanha com aquela perda, que Rhodopis não viu quando uma águia deu um rasante no rio e agarrou a sandália, talvez imaginando se tratar de algum peixe.

O resto do dia foi de imenso pesar. A jovem não parava de pensar no azar que tivera. Ela não aproveitou mais que alguns poucos momentos aquele presente tão especial.

O que Rhodopis não sabia era que o destino dela começava a mudar a partir daquela sandália perdida, já que a águia, voando com a sandália presa nas suas garras, percebeu que aquilo não era um ser vivo, então decidiu largá-la lá do céu! Ao fazê-lo, a sandália foi rodopiando, rodopiando e caiu bem na cabeça do grande Faraó, que naquele instante estava se banhando no Rio Nilo e se preparando para continuar sua viagem rumo à cidade do velho comerciante.

O baque e o susto foram grandes. O Faraó ficou meio tonto com batida da sandália na sua cabeça. Os guardas reais rapidamente estabeleceram uma formação de defesa. Ninguém sabia o que havia ocorrido, todos olhavam para cima, para baixo e para os lados. Finalmente, recuperado do susto e da dor inicial, o Faraó encontrou a sandália e no mesmo instante ficou tomado de curiosidade e amor. De quem seria? Que lindos pés eram aqueles que repousavam nela?

— Preciso achar a dona dessa sandália — ordenou o Faraó.

A partir daquele momento, emissários saíram à procura da dona da sandália que havia caído do céu. O Faraó não conseguia pensar em outra coisa senão em encontrar a dona da sandália.

No dia seguinte, o Faraó foi recebido com muita pompa na cidade do velho comerciante. Sua mulher e filhas estavam emperiquitadas, queriam porque queriam chamar a atenção do soberano. Quando o povo todo estava reunido na praça principal, o Faraó cochichou algo para seu conselheiro e este, por sua vez, gritou:

— O Faraó deseja que todas as mulheres, jovens e velhas, façam uma imensa fila em sua frente. E solicita também que todas estejam descalças!

Ninguém entendeu nada, mas as fofocas começaram a circular e a informação da sandália que havia caído na cabeça dele foi rapidamente descoberta. Uma fila imensa se formou, todas comentavam que se a dona da sandália fosse encontrada, o Faraó se casaria com ela. As mulheres estavam eufóricas com essa possibilidade.

O Faraó estava com a sandália na mão e ordenou que a fila começasse a andar. Todas paravam na frente do soberano, abaixavam a cabeça e levantavam os pés descalços. Ele olhava, mexia, colocava a sandália, cheirava depois (às vezes, bem arrependido de fazer aquilo), mas nenhuma mulher o convenceu.

Depois de horas inspecionando pés, a fila terminou e o Faraó cochichou novamente para seu conselheiro, que por sua vez gritou:

— O Faraó já vai embora. Ele quer saber se alguma mulher não compareceu à fila.

A resposta foi um silêncio. O Faraó ordenou que seu séquito se preparesse para voltar a Mênfis, de lá organizaria uma grande busca à dona da sandália caída do céu.

O velho comerciante acompanhava toda a cena a uma certa distância. Quando sua mulher e filhas chegaram frustradas por não terem sido escolhidas, ele perguntou detalhes sobre a sandália, e qual não foi sua surpresa quando descobriu que era exatamente a sandália que havia dado a Rhodopis.

Ele achou aquilo um presságio dos deuses, foi correndo até o conselheiro do rei e disse:

— Acho que sei quem é a dona da sandália. Diga ao Faraó para dar uma passada na frente do Rio Nilo naquela direção — apontou o velho.

O conselheiro repassou a informação para o soberano, que imediatamente ordenou que o levassem até lá.

No rio, Rhodopis cantava e trabalhava tristemente. Ela não tinha tido coragem de contar para o velho comerciante o azar que lhe aconteceu no dia anterior. O outro pé da sandália estava ao seu lado, ela olhava e dizia:

— De nada adianta um pé só!

Ela então se pôs em pé, agarrou a sandália com força, esticou o braço para trás e gritou:

— Já que me roubaste um pé, tome o outro!

E antes de o braço começar a se movimentar para atirar aquele pé ao rio, Rhodopis ouviu um grito:

— Não! Não faça isso!

Ela se virou e levou o maior susto de sua vida. Era o Faraó se aproximando. A primeira reação foi se atirar ao chão, no que ouviu:

— Levante imediatamente e me mostre o que você atiraria ao rio.

Ela levantou trêmula e mostrou a sandália. O Faraó rapidamente pegou o outro pé e mostrou para a jovem. Eles juntaram as sandálias, era o par perfeito!

O Faraó pediu para Rhodopis contar toda a sua história e assim ela o fez. Ele ficou encantando com tudo que ouviu e principalmente pela beleza e inteligência da jovem.

— Você virá comigo para Mênfis, será minha esposa e conselheira.

E assim aconteceu. Rhodopis se transformou numa das mulheres do grande Faraó, a sua preferida com certeza. O velho comerciante ficou feliz da vida com a notícia, já sua esposa e filhas não sabiam o que fazer com tamanha inveja e ressentimento.

Contam que depois que Rhodopis morreu, o Faraó ordenou construir uma pirâmide em sua homenagem. Seria a pequena pirâmide de Gizé, que até hoje está de pé no atual Egito.

12. A MÃE DOENTE

(TOGO)

O povo kabre é uma das muitas etnias que vivem em Togo, pequeno país no oeste africano. Mas como dizem os antigos: "tamanho não é documento". Isso vale também para as criações de histórias, não importa o tamanho de um povo, sua grandeza está na sua capacidade de criar belíssimas e universais narrativas. Esse foi o caso dos kabre.

No começo dos tempos, quatro animais bem diferentes saíram da barriga de uma mesma mãe: abelha, aranha, tartaruga e porco-espinho.

Os quatro cresceram protegidos e amados pela mãe, mas, com o passar do tempo, cada um foi ganhando sua independência e construindo seu próprio lar.

Numa manhã chuvosa, a mãe dos quatro animais ficou muito doente. Ela precisava com urgência ir visitar o grande curandeiro, mas suas forças estavam à míngua. Ela chamou sua vizinha, a galinha, e disse:

— Amiga, estou com muita febre e preciso que o curandeiro me examine, mas não tenho forças para ir sozinha até lá. Você faria o favor de chamar a minha filha aranha para me acompanhar?

— Claro, querida vizinha, irei imediatamente — respondeu a galinha, já pulando e cacarejando em direção à casa da aranha.

Chegando lá, a galinha bicou a porta e, ao ver a aranha, foi logo falando:

— Sua mãe está muito doente e precisa de sua ajuda para levá-la ao curandeiro.

— Sério? Bem agora? Ela não pode esperar um pouco?

A galinha estufou o peito, não podia acreditar no que estava ouvindo.

— É brincadeira, não é, dona aranha? É a sua mãe que está doente! Venha logo!

A aranha não pareceu sensibilizada pelas palavras da galinha.

— A minha mãe bem sabe que a festa das flores se aproxima e eu sempre vou com o vestido mais deslumbrante de todos, mas, para isso, preciso tecer sem parar, o que estou fazendo agora. Diga a ela que não posso ir — concluiu a aranha, batendo a porta na cara da galinha.

A galinha teve que voltar e, ao contar para a mãe o que a aranha disse, viu uma pequena lágrima escorrendo de um dos seus olhos.

— Então, por favor, chame para me auxiliar a minha tartaruguinha querida.

— É o que farei, descanse que já volto.

Ao chegar na casa da tartaruga, bicou a porta e, ao vê-la, disse:

— Depressa, venha comigo que sua mãe precisa de sua ajuda.

— Primeiramente, você nunca deve falar "depressa" para uma tartaruga. Respire fundo e me diga o que está acontecendo com a mamãe.

A galinha começou a ficar irritada.

— Sua mãe está doente e precisa de ajuda para ir até o curandeiro.

— Agora eu não posso. As paredes da minha casa estão todas quebradiças e eu estou consertando-as — respondeu a tartaruga, fechando a porta lentamente.

Quando a galinha contou o ocorrido à mãe dos quatro, ela disse:

— Meu porquinho-espinho vai me ajudar, tenho certeza.

E lá foi a galinha novamente. Ao chegar na casa do porco-espinho, foi logo bicando a porta e, quando ela foi aberta:

— Porco-espinho, venha comigo agora!

O porco-espinho olhou para a galinha com cara de bravo. Numa de suas mãos havia uma lança de madeira e na outra uma pequena pedra lascada usada para afiá-la.

— O que aconteceu, galinha nervosa?

— Nervosa eu vou ficar se você não vier comigo! Sua mãe está doente e precisa que alguém a leve urgentemente para o curandeiro.

— Estou prestes a sair para o campeonato de lanças ao alvo, preciso afiá-las muito bem, e agora me dê licença — respondeu o porco-espinho, dando um chute na porta.

A mãe estava cada vez mais triste com os relatos da vizinha, sobrava agora somente sua pequena abelhinha.

Ao ouvir alguém batendo na porta, a abelha abriu e, com sorriso, disse:

— Galinha, vizinha da minha mãe, entre na minha casa, vamos tomar um suco.

A galinha, que estava bem desanimada com aqueles filhos desnaturados, se recompôs e falou:

— Obrigada, abelha, mas estou aqui por outro motivo. Sua mãe está muito doente e ... — a galinha nem completou a frase e abelha já estava voando em direção à casa da mãe.

Quando as duas chegaram na casa da enferma mãe, o sorriso dela ao ver sua filha abelha foi tocante. Elas se abraçaram e choraram juntas.

Ao examiná-la, o curandeiro cantou, dançou e deu-lhe ervas para beber. A mãe rapidamente recobrou a saúde, mas uma tristeza transbordava de seus olhos.

— O que foi? A senhora não está feliz que melhorou? — perguntou o curandeiro.

Ela então contou a decepção com os outros três filhos. O curandeiro ficou furioso e disse:

— Pelos poderes da natureza, eu ordeno que a partir de hoje a aranha não pare nunca de tecer sua teia! Que a tartaruga carregue sua casa em cima de suas costas e ela será para sempre quebradiça! E que as lanças do porco-espinho grudem no seu corpo e ele jamais conseguirá afiá-las novamente com pedras lascadas!

A galinha e a abelha ouviam aquilo com espanto e medo. A mãe então olhou para a abelhinha e disse:

— Ela foi a única a se preocupar comigo.

O curandeiro pegou a abelha com delicadeza e disse:

— Por causa de sua bondade, todas as flores do mundo se abrirão para você. E do encontro delas com a sua espécie nascerá um dos alimentos mais doces e nutritivos do mundo, o mel.

E é por causa dessa história que até hoje a aranha não para de tecer, a tartaruga carrega seu casco quebradiço, o porco-espinho é todo espinhoso e a abelha produz o delicioso mel.

13. A MULHER, O HOMEM E OS BURROS

(ARGÉLIA)

Na região montanhosa da Argélia, o povo cabila transborda há séculos narrativas como uma fonte inesgotável de sabedoria, conhecimento e humor.

Um rico agricultor, que devia sua riqueza à inteligência da mulher, estava sentado na sua cadeira de balanço quando sua esposa o avistou e disse:

— Marido, você precisa ir até a cidade e vender nove dos nossos burros. Precisamos desse dinheiro para investir na próxima colheita.

O homem se levantou prontamente e disse:

— Seu desejo é uma ordem! Você é a mulher mais inteligente do mundo, ainda bem que se casou comigo.

A mulher fez uma cara de resignação e disse:

— Não demore muito e não deixe ninguém te passar a perna.

O agricultor acenou com a cabeça afirmativamente e foi saindo em direção ao estábulo. Lá amarrou os pescoços dos burros com a mesma corda e subiu no primeiro da fila para começar sua jornada.

O homem cavalgava lentamente por desfiladeiros, cantava para passar o tempo e comia pistache para a alegria da sua barriga.

Depois de algum tempo, finalmente ele se viu dentro de um mercado pulsante, gritos de comerciantes e cheiros de especiarias. Quando se viu na frente do mercador de burros, começou a falar para si mesmo:

— Bom, deixa eu contar direito se todos os burros estão aqui. Um, dois, três, quatro, cinco, seis, sete, oito... Não, não pode ser! Eram nove! Tenho certeza!

O agricultor, sem sair de cima do seu burro e por isso mesmo nunca contá-lo, repetiu a contagem diversas vezes e sempre o resultado dava oito burros! Ele decidiu então voltar para casa, talvez no caminho encontrasse o burro roubado.

O caminho de volta também foi tranquilo. Ele voltou a cantar e a comer agora sementes torradas de girassol, compradas no mercado.

Quando a mulher avistou o marido voltando com os burros, saiu correndo em sua direção, parou ofegante e perguntou:

— O que aconteceu?

— Você não vai acreditar, saí de casa com nove burros para vender no mercado e quando cheguei lá contei apenas oito. Fomos roubados!

— Eu não estou acreditando no que meus ouvidos acabaram de ouvir! — irritou-se a mulher.

— Mulher, não fique brava, por favor, conte quantos burros você vê aqui na sua frente.

A mulher olhou para todos os animais presos na corda, olhou para o marido, e concluiu:

— Eu tenho a absoluta convicção de que vejo na minha frente dez burros!

14. A AMIZADE ETERNA

(VÁRIOS PAÍSES AFRICANOS)

A próxima história encontrei em várias versões africanas. Tive contato com ela há mais de vinte anos e a contei dezenas de vezes a crianças e adultos.

No começo dos tempos, o sol, a lua e a água eram os melhores amigos do mundo. O sol e a lua, que eram casados, viviam sendo convidados para a casa da água.

— Queridos amigos, venham jogar conversa fora aqui comigo — chamava a água.

E lá ia o casal mergulhando num grandioso rio.

— Queridos amigos, venham brincar comigo — convidava a água.

E lá ia o casal mergulhando no imenso mar.

— Queridos amigos, venham compartilhar um banquete de peixes na minha casa — dizia a água.

E lá ia o casal mergulhando num belo lago de águas cristalinas.

Certo dia, a lua olhou para o marido sol e disse:

— Assim não dá mais!

— O que foi, querida?

— É somente a água que convida a gente para sua casa. Isto está ficando feio.

— Como assim?

— Precisamos construir uma casa urgentemente para convidar nossa amiga para uma visita também.

O sol ficou pensativo e respondeu:

— Você tem mais do que razão. Vamos construir uma casa belíssima para recebê-la.

A lua abriu um sorriso e disse:

— Então, mãos à obra!

Os dois começaram a construir uma casa enorme. Eles queriam porque queriam impressionar a água. A construção ficou pronta depois de muito trabalho, e a casa ficou tão gigantesca que demorava mais de um ano para ir de uma ponta à outra do lar, doce lar, do sol e da lua.

No dia seguinte em que a casa ficou pronta, o sol e a lua, ansiosos que só vendo, chamaram sua queridíssima amiga:

— Água, venha nos visitar, nossa casa está de portas abertas.

A água ficou feliz da vida e começou a entrar na casa do sol e da lua. O sol e a lua começaram a sentir seus pés molhados.

— Posso entrar mais? — perguntou a água.

— Claro, venha — disse a lua.

A água foi entrando mais, o sol e a lua começaram a sentir seus joelhos molhados.

— Posso entrar mais?

— Você é nossa amiga do coração — disse o sol. — Pode entrar mais.

O sol e a lua agora sentiam o umbigo molhado. Além disso, começaram a ver que junto da água entravam também seus seres marinhos, de rios e lagos.

— Se vocês quiserem, posso parar por aqui — disse a água.

A lua cutucou o sol, como querendo dizer que aquilo era uma deselegância, era para deixá-la entrar mais. O sol fez um sinal com a mão para dizer que ela podia continuar entrando.

A água já estava no pescoço do sol e da lua, mais um pouquinho eles não poderiam mais respirar. O sol então teve uma ideia: pegou a lua nos braços e subiram no teto da casa:

— Pode entrar mais! — gritaram os dois.

A amiga obedeceu e foi invadindo todos os espaços, até que chegou novamente nos pés do sol e da lua. O casal se entreolhou e não queria novamente passar por aquilo. A lua então olhou para o céu e disse:

— Marido, já sei! Vamos lá para cima, ficamos pendurados e a água pode entrar o quanto quiser.

O sol adorou a ideia e os dois começaram a subir até o firmamento e se penduraram no teto da abóboda celeste. Quando os dois estavam confortavelmente pendurados no céu, a lua gritou:

— Água, entre o quanto você quiser na nossa casa!

A água obedeceu e invadiu toda a construção e se espalhou por vários cantos. O sol e a lua estavam felizes da vida, observavam tudo pendurados no céu e decidiram que de lá não sairiam nunca mais.

E é por causa dessa história, contada por alguns povos africanos, que até hoje o sol e a lua estão no céu e água na terra. E a amizade deles? Ainda é bem intensa, é só observar como os raios solares e lunares adoram deslizar nas capas aquáticas de mares, rios e lagos por todos os cantos do mundo.

REFERÊNCIAS BIBLIOGRÁFICAS

Allan, Tonny. *Mitos del mundo.* Londres: Blume, 2009.

Anônimo. *Cuentos africanos.* Antalogia digitales, 2015.

Bruneer-Traut, Emma. *Cuentos del antiguo Egipto.* Madrid: Edaf, 2000.

Cottereel, Arthur (General Editor). *Encyclopedia of world mythology.* London: Parragon, 1999.

Frobenius, Leo; Fox, Douglas C. *A gênese africana.* São Paulo: Editora Landy, 2005.

Global Book Publishing. *Mitologias – mitos e lendas de todo o mundo.* Seixal, 2003.

Gougaud, Henri. *Cuentos africanos.* Salamanca: Ediciones Sigueme, 2003.

Nina, A. Della. *Enciclopedia Universal da Fábula.* v. 27. São Paulo: Editora das Américas, 1959.

Scheub, Harold (compiled). *African Tales.* Wisconsin: The University of Wisconsin Press, 2005.

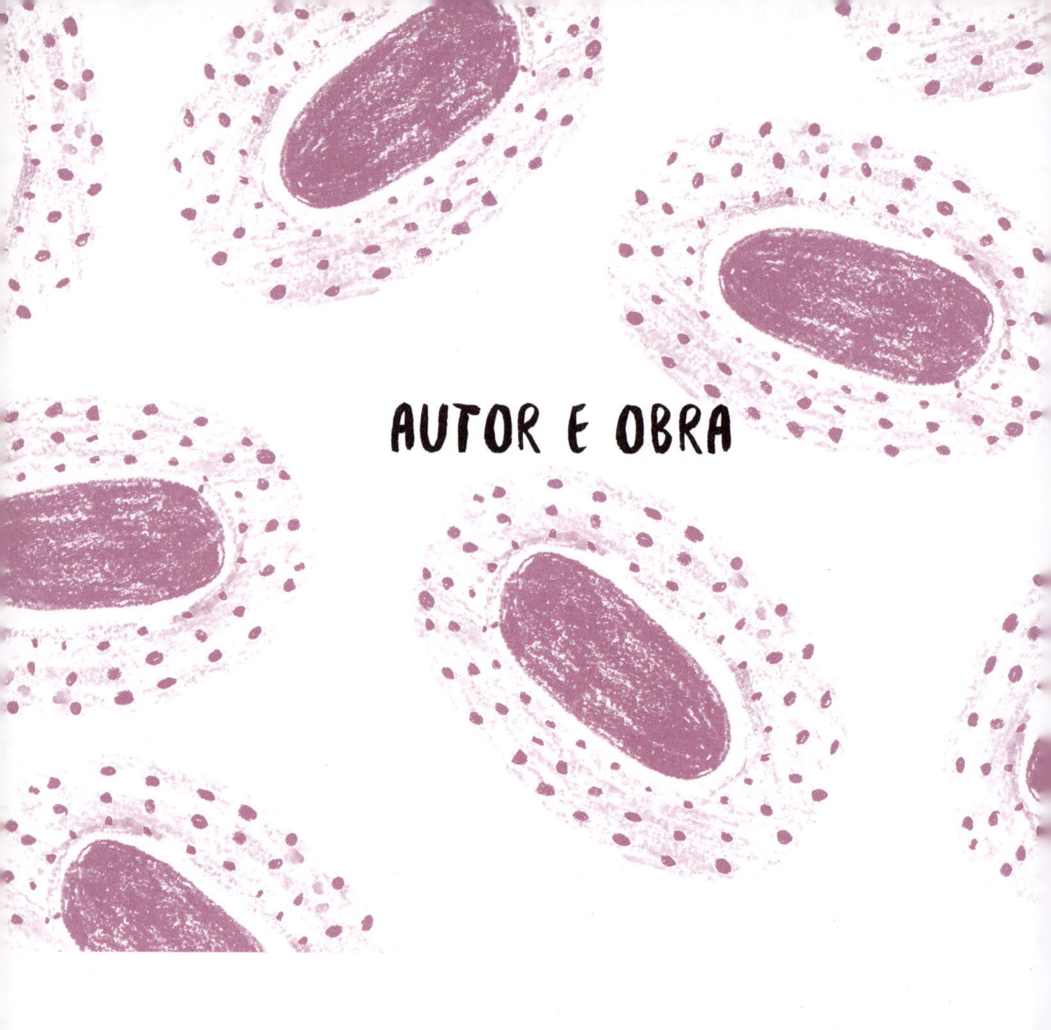

AUTOR E OBRA

Nasci em Israel e cheguei no Brasil em 1979. Meus pais são argentinos e meus avós russos e poloneses. Essa miscelânea de culturas me transformou em um pesquisador apaixonado por histórias do mundo inteiro. Já escrevi sobre as culturas: grega, chinesa, turca, russa, indiana, entre outras. Os contos africanos sempre me fascinaram pela sua força e originalidade. São deliciosos para contar em voz em alta ou ler silenciosamente. Além dos contos tradicionais, também

publiquei diversos livros infantis. Muitos foram premiados e outros traduzidos mundo afora (China, Coreia, França, Itália, Espanha, México, Suécia, Dinamarca e Polônia). Também escrevo uma coluna mensal na revista *Crescer* e tenho dois boletins semanais na Rádio CBN, falando sobre educação e literatura.

Para conhecer mais meu trabalho: www.ilan.com.br e www.facebook.com/autorIlanBrenman/.

ILUSTRADORA

Sou artista e ilustradora formada pela Faculdade de Arquitetura e Urbanismo da Universidade de São Paulo. Apesar do carimbo oficial de arquiteta, considero minha formação principalmente nas leituras extracurriculares da biblioteca, nas experiências de viagens e nas noites de insônia dedicadas à literatura. A paixão por astronomia e a pesquisa pelas baixas tecnologias fazem com que um dos meus materiais preferidos seja o lápis grafite e um dos

© arquivo pessoal

temas mais frequentes, o universo. As aventuras do cotidiano — das pedras no caminho às estrelas do céu — são a poesia que mais busco.

Ilustrar este livro foi mergulhar numa pesquisa interessantíssima sobre cores e motivos africanos num exercício de transportá-los para o universo fantástico dos contos de Ilan Brenman.